D1729472

hänssler

Rolf Scheffbuch

KOFFERGESCHICHTEN

Rolf Scheffbuch, Korntal, Prälat a.D.,
Vorsitzender ProChrist e. V. und Ludwig-Hofacker-Vereinigung
(Arbeitsgemeinschaft für Bibel und Bekenntnis in Württemberg).
Ab 1959 Gemeindepfarrer am Ulmer Münster,
Leiter des Ev. Jugendwerks in Württemberg, Dekan in Schorndorf,
Regionalbischof für den Sprengel Ulm.
Langjähriges Mitglied der Synoden der württembergischen Kirche
und der EKD.
Verheiratet, vier erwachsene Kinder.

Die Deutsche Bibliothek – CIP-Einheitsaufnahme

Scheffbuch, Rolf:
Koffergeschichten / Rolf Scheffbuch. - Neuhausen-Stuttgart :
Hänssler, 1997
  ISBN 3-7751-2804-2

Bestell-Nr. 392.804
© Copyright 1997 by Hänssler-Verlag, Neuhausen
Umschlaggestaltung: Martina Stadler
Titelfoto: Trunck, Korntal
Satz: Vaihinger Satz + Druck
Printed in Germany

INHALTSVERZEICHNIS

DER »BEBBERLES«-KOFFER

Das ist mein Lieblingskoffer unter all den vielen Koffern, die ich habe; denn ich bin nun einmal ein Koffernarr.

Es ist ein rotbrauner Pilotenkoffer. Gekauft habe ich ihn vom Anteil am kleinen Erbe meiner Patentante. Sie lebte als Frau eines Pfarrers hoch im Norden von Kanada. Als junges Ehepaar war ihnen der Weg in die Mission versperrt gewesen. Da ließen sie sich von armen russisch-deutschen Einwanderergemeinden nach Nordamerika rufen. Die haben ihre Pfarrleute immer wieder mit Lebensmitteln versorgt, aber Geld hatten sie selbst keines.

Die ganze entbehrungsreiche Story lernte ich als junger Vikar kennen. Damals sah ich die Verwandten zum ersten Mal von Angesicht; sie hatten mich nur als Baby bei der Taufe gesehen. Erst einige Zeit nach dem Zweiten Weltkrieg schaffte ich es, sie östlich von Edmonton zu besuchen. Mitten in den weiten Weizenfeldern lagen einsam das weiße Holzkirchlein von Josephsburg und das Pfarrhaus. Aber welche geistliche Ausstrahlung ging von dieser »Hütte Gottes bei den Menschen« aus! Tante Elisabeth gehörte zu den Menschen, bei denen es wahr wurde: »Die da nichts haben und die doch alles haben.« Sie war eine »Mutter« ihrer Gemeindeglieder. In ihrem Testament hatte sie verfügt: »Ich konnte so wenig für meinen Patensohn sorgen. Drum soll er aus meinem kleinen Erbe 30 Dollar haben.«

Dabei hatte sie mir Wichtigeres fürs Leben gegeben als diesen Dollarbetrag. Zur Taufe hatte sie mir schon eine wunderbare Bibel in Ledereinband geschenkt. Bevor ich lesen konnte, zeigte meine Mutter mir immer wieder diese Bibel und machte mir den »Mund wässerig« aufs Bibellesen: »Wenn du einmal lesen kannst, dann darfst du in dieser Bibel lesen!« Mit dieser Bibel machte ich meine ersten geistlichen Erfahrungen. Mit ihr bereitete ich mich durch intensives Bibelstudium auf das theologische Examen vor. Mit ihr hielt ich meine ersten Gottesdienste. Damals dann, 1956, als ich die Patentante persönlich erlebte, bat ich sie um einen Eintrag in die Bibel. Seitdem steht vorne in meiner Bibel: »Ihr aber seid das auserwählte Geschlecht, die königliche Priesterschaft, das heilige Volk, das Volk des Eigentums, dass ihr verkündigen sollt die Wohltaten dessen, der euch berufen hat von der Finsternis zu seinem wunderbaren Licht« (1. Petr. 2,9). Es steht auf Englisch in der Bibel. Da klingt es fast noch schöner. Eigentlich müsste man's übersetzen: »... dass aus allen Knopflöchern aufstrahlt, wie Gott wohltun kann ...«

Dazu hilft nun auch der Koffer, den ich mit dem Anteil aus dem Nachlass meiner Tante gekauft habe. Er ist über und über bedeckt mit Aufklebern, die an große evangelikale Zusammenkünfte in aller Welt erinnern. Etwa an die »Laustade '74«, jenes Christentreffen im Rahmen des I. Internationalen Kongresses für Weltmission in Lausanne. Im sonnenüberstrahlten Stadion ging der Blick weit über den blauen See hinüber zu dem Massiv der Schneeberge. Aber noch eindrücklicher war die seelsorgerliche Ansprache von Dr. Billy Graham. »Er erquicket meine Seele.« Das ging mit uns – mehr noch als das Nachklingen des vielstimmigen Chores der über 4000 Kongressteilnehmer: »Dann jauchzt mein Herz dir, großer König, zu: Wie groß bist du!« Daran erinnert mich der Aufkleber. Davon erzähle ich Menschen, wenn sie nach meinen »Bebberle« (schwäbisch für Aufkleber) fragen.

Fast verblichen und arg zerschunden sind die Aufkleber der Stuttgarter Gemeindetage unter dem Wort: »Jesus Christus – unsere Zuversicht und Stärke.« Und: »Aufsehen zu Jesus!« Oder: »Gottes Wort ist die Wahrheit!«

Fast neu erstrahlen die Aufkleber »Pro Christ '93« und »Komm und erlebe Gottes Wort« von Pro Christ '95.

Auch an »Lausanne II« in Manila, damals 1989, erinnert ein dezenter Hinweis, gleich neben »Thailand '80«; dort war ein wichtiges Studientreffen der Lausanner Bewegung für Weltevangelisation.

»Jesus Christus, die Quelle des Lebens«, das war damals das Motto des Gemeindetages in Essen. Auch das bezeugt ein Kofferaufkleber.

Der Koffer hatte mich überallhin begleitet. Als er noch jugendfrisch und ohne Kleber war, verschaffte er mir sogar die Ehre, einen besonderen Platz und einen ausgezeichneten Service im Flugzeug zu bekommen. Denn die Stewardess hatte mich für einen Flugbegleiter gehalten, einen Sicherheitsbeamten; nur wegen des Pilotenkoffers.

Der Koffer diente mir als Notsitz hinten im geländegängigen Landrover des tansanischen Bischofs Chitemo, als wir über Stock und Stein durch seine anglikanische Diözese fuhren. Von oben hielt der Koffer mich mit meinem ganzen damaligen Gewicht aus – und von unten hielt er Erschütterungen ab, verursacht durch die Schlaglöcher auf den Pisten durch den Busch.

Der Koffer wurde sogar zum Fernsehstar. In einer Fernsehaufzeichnung über die württembergische Landessynode richtete sich die Kamera auf den Koffer mit seinen in allen Farben aufleuchtenden Aufklebern.

Inzwischen sieht man dem Koffer sein Alter an. Drum habe ich aus Sympathie mit ihm auch einen Aufkleber eines diakonischen Kongresses mit dem Motto »miteinander alt werden« angebracht. Zwar gibt's an einem Koffer keine »Knopflöcher«. Aber auf allen fünf sichtbaren Seiten des Koffers lässt der Koffer etwas von dem aufstrahlen, wie Gott wohl tun kann.

Auch die folgenden Erlebnisse sollen als »Koffergeschichten« die Wohltaten Gottes vor Augen führen.

EIN KÖFFERCHEN VOLL BROT

Nach dem Krieg war Württemberg geteilt in eine »amerikanisch« und in eine »französisch« besetzte Zone. Französische Wachposten passten wie Schießhunde auf, dass kein Mensch ohne Erlaubnisschein die Grenze überschritt.

Die Menschen in der »französischen Zone« hatten es schwer. Die Besatzungsmacht Frankreichs ließ die Deutschen spüren, was Deutschland dem Nachbarland in drei vom Zaun gebrochenen Kriegen an Unrecht und Zerstörung angetan hatte. Fabriken wurden abmontiert, Eisenbahngleise wurden entfernt und nach Frankreich verfrachtet. Ganze Wälder schönster Schwarzwaldtannen wurden abgeholzt. Die Menschen in dieser Region hatten kaum etwas zu nagen und zu beißen. Meine Vettern im oberen Neckartal holten sich aus den Abfallkübeln der französischen Soldaten die weggeworfenen Brotrinden. Sie machten daraus eine Art von Brotsuppe, um nur den schlimmsten Hunger zu stillen.

Da waren wir in der »amerikanischen Zone« weit besser dran! Immer wieder kamen ganze Lastwagenkolonnen amerikanischer Militärtrucks, voll mit Säcken besten US-Weißmehls, in die Städte. Zwei Tage später gab es dann bei den Bäckern gegen Brotbezugsscheine herrlich duftendes Weißbrot. Mit knackiger Kruste. Brot, das zum Hineinbeißen einlud.

Solches Brot wollte ich den Verwandten im andern Teil Württembergs bringen. Nach langem Hin und Her hatte ich einen der heißbegehrten »Passierscheine« erhalten. Mit dem war es mir erlaubt, über die Grenze kurz vor Horb zu kommen.

Ich lud also das alte kleine Reiseköfferchen meiner Mutter mit den langen, spitz zulaufenden Weißbrotlaiben voll. Dabei kam ich mir vor wie einer der Jünger Jesu, der stolz an Hungernde Brot austeilen konnte.

An der Grenze im Bahnhof Eutingen war mir's schon ganz anders zumute. Französische Soldaten, damals gefürchtete Marokkaner, durchsuchten alle Gepäckstücke. Durfte ich denn überhaupt Brot dabeihaben? Durfte ich so viel Brot über die Grenze nehmen? Jetzt war es mir eher wie einem der Jünger Jesu zumute, als die Soldaten damals mit Schwertern und Stangen Jesus und seine Freunde umzingelten.

Aber die Angst war unnötig. Der marokkanische Soldat sagte nur fragend: »Hunger?«

Ja, Hunger hatten sie, meine Verwandten. So wie viele andere in jener Gegend auch. Aber ich war ja schon unterwegs als Helfer in großer Not! Ich malte es mir aus, wie die Vettern und Basen staunen würden, wenn ich den Kofferdeckel aufmachen würde. Das Köfferchen, bis oben hin gefüllt mit Brot!

Wirklich, kurze Zeit später staunten sie. Man sah

richtig, wie ihnen das Wasser im Mund zusammenlief. Ich fühlte mich wie ein »Retter der Enterbten«, als ich die Brotlaibe als Gastgeschenk übergab.

Aber die Enttäuschung folgte bald. Das Brot war herrlich anzusehen. Es schmeckte auch köstlich, aber es machte nicht satt. Es fühlte sich leicht und locker an, aber es füllte nicht den hungrigen Magen. Es sah aus wie ein großer, langer Laib, aber innen war das Brot voller Luftblasen; viel der schönen, knusprig braunen Kruste, aber wenig Nahrhaftes. Ein ganzes Köfferchen war mit verheißungsvoll Aussehendem gefüllt, aber letztlich war es ein Köfferchen voller Enttäuschung.

Das taucht in meiner Erinnerung auf, wenn im Gottesdienst gesungen wird: »Sie essen und sind doch nicht satt, sie trinken und das Herz bleibt matt, denn es ist lauter Trügen.«

Nicht das Aussehen macht's! Auf die Substanz kommt's an.

KETSCHUP AUF DER WEINSTEIGE

Es war in den Hungerjahren nach dem Krieg. Ein treuer Freund meines Vaters erbarmte sich über unsere achtköpfige Familie. Zwei große Henkelkörbe voller Tomaten hatte er für uns gepflückt: große, rote, reife Tomaten.

In einem versteckten Tal hinter Nürtingen sollte ich sie abholen. Mit meinem uralten Fahrrad war ich erwartungsvoll hingefahren. Hinten auf dem Gepäckträger war mein großer schwarzer Pappkoffer. Ein richtiges Kriegserzeugnis aus Lederersatz.

Prallvoll war der Koffer schließlich mit edlen Tomaten. Mit zwei Stricken machte ich den Koffer auf dem Fahrradgepäckträger fest. Ich wollte ja die kostbare Fracht nicht verlieren!

Glücklich radelte ich unter der glühenden Sonne wieder Richtung Stuttgart. Ich fühlte mich als Retter der Familie, als Nahrungsbeschaffer in Hungersnot.

An einem Brünnele über Nürtingen stillte ich meinen Durst. Ein vorbeikommender Bauer bemerkte: »Aus Ihrem Koffer tropft etwas!« O Schreck! Die überreifen Tomaten waren durchgeschüttelt worden; schon nach wenigen Kilometern auf den schlagloch-übersäten Straßen war am Boden des Koffers nur noch

Tomatenmatsch zu finden. Der Saft lief durch die Ritzen des Koffers wie ein Rinnsal von Blut.

Ich trat in die Pedale wie ein Rennfahrer, aber mein Fahrrad hatte keine Gangschaltung. Daher musste ich an der steilen Steigung vor Bernhausen absteigen und das Fahrrad schieben. Dabei entdeckte ich zu meiner Verzweiflung, dass sich der durchnässte Boden des Koffers wie ein nasser Sack rechts und links vom Gepäckträger durchbog!

Ich gab mein Letztes an Einsatz! »Möglichst rasch Stuttgart erreichen!« Das war mein einziges Ziel. Nicht nur die Stadtgrenze bei Sillenbuch, sondern das heimatliche Haus im Stuttgarter Talkessel.

Drum verbot ich mir die schöne Abfahrt auf der Neuen Weinsteige. Sie führt am Hang entlang und fällt langsam ab: kilometerlang. Ich beschloss: Nimm die Abkürzung der jäh ins Tal führenden Alten Weinsteige! Kühn wie ein Tour de France-Fahrer stürzte ich mich den Abhang hinunter. Nur gelegentlich trat ich auf die Rücktrittbremse, um das rasante Tempo ein wenig zu reduzieren. Aber Eile war geboten. Der Tomatensaft sprudelte schon wie eine schüttere Quelle aus dem Koffer.

Da tauchte vor mir die gemächlich vor sich hinzockelnde gelbe Zahnradbahn auf ihrem beschwerlichen Weg hinauf nach Degerloch auf. Ich jagte genau auf den Punkt zu, wo die »Zacke« (so nennen sie liebevoll die Stuttgarter) die Straße kreuzen muss. Ich stieg auf die Bremse.

Aber da geschah es! Die offenbar rot glühende Bremse bekam einen Sprung. Sie blockierte mit einem Schlag. Mein Fahrrad wurde herumgerissen. Ich schleuderte auf dem harten Teerbelag der Straße der »Zacke« entgegen und nur ein, zwei Meter an ihr vorbei.

Dass ich mir dabei nichts brach, war ein Wunder Gottes. Die »Zacke« hatte angehalten. An den vor Schreck bleichen Gesichtern des Fahrers und der Fahrgäste merkte ich, dass sie nicht mehr damit gerechnet hatten, dass ich lebendig aufstehen könnte. Mit verschrammten Armen, Händen und Beinen war ich aber schon wieder dabei, mein verbeultes Fahrrad aufzulesen, den aufgesprungenen Koffer aus den Büschen zu holen und in ihn hinein einiges vom verspritzten Tomatenmatsch aufzusammeln.

Das ist mir immer wieder eingefallen, wenn ich auf das Jesus-Wort stieß: »Das Leben ist doch mehr als die Speise!«

DER ÜBERSEE-KOFFER

Wie auf einer Wolke fühlte ich mich. Hoch erhoben! Damals, als die Mitglieder der Kirchengemeinde in Ost-Cleveland mir ein Abschiedsfest machten. Dabei war ich nur einige Monate als junger Aushilfspfarrer in ihrer Gemeinde gewesen. Aber sie überschütteten mich mit Geschenken: Mit Hemden und Krawatten, mit einem ganzen Stoß wertvoller Bibelauslegungen, mit einem Paar schwarzer Schuhe, mit Bildbänden vom Staat Ohio und dem Eriesee. Ganz am Ende der Veranstaltung kam eine alte Dame und überreichte mir feierlich eine große Packung mit echtem chinesischem Tee.

Aber wohin mit alledem? Meine beiden Koffer waren so prallvoll, dass es mir schon Angst war um meinen schönen schwarzen Talar. Der durfte doch nicht zerdrückt werden!

»Am besten gehst du ins jüdische Viertel! Die haben preiswerte Koffer aller Art!« So rieten mir meine amerikanischen Gastgeber. Gesagt, getan!

Am nächsten Vormittag entdeckte ich eine Welt, die mir völlig unbekannt war. In einem Stadtviertel von Ost-Cleveland sah man überall Männer mit ihren breitkrempigen, schwarzen, steifen Hüten, unter denen Ringellocken hervorquollen. Es waren Juden, die schon lange in Amerika lebten, aber treu am Glauben der Väter festgehalten hatten. Es waren auch Frauen und Männer darunter, die das Grauen der deutschen Vernichtungslager überlebt hatten. Jetzt war die freie Welt Amerikas ihre Heimat geworden. Das ganze Viertel glich einer Marktstraße mit vielen Verkaufsständen für Bekleidung. Aber es gab auch Metzgerauslagen mit »koscherem« Fleisch. Überall sah ich Aufschriften mit hebräischen Schriftzeichen. Aber beim Entziffern merkte ich: Das ist ja »Jiddisch«; also die durch Jahrhunderte in Europa gebräuchliche Form der hebräisch gefärbten, deutsch-polnischen Sprache.

Bis heute leben in Amerika, also in New York, in Cleveland und Chicago, in San Francisco und in Los Angeles mehr Juden als im ganzen Staat Israel: Orthodoxe Juden, liberale Juden und sogar atheistische Juden.

In dieser Welt war ich offensichtlich ein »Fremdling«. Aber überall wurde ich freundlich gegrüßt. So wie das Gesetz Moses es befiehlt. Auch der Fremdling ist ihnen »Nächster«, der ein Recht auf Liebe hat!

Natürlich gab es auch Koffer in der langen Marktstraße. Herrliche Koffer! Preiswerte Koffer. In allen Größen und Macharten.

Ich entschied mich für einen richtigen »Übersee-Koffer«. So eine Art von »Artistengepäck«. Eine richtige Truhe. Mit der schreienden Aufschrift »Fragile« – zerbrechlich! In meiner Fantasie hatte ich mir immer ein solches Kofferungetüm vorgestellt, wenn uns in der

Kinderkirche von den ausländischen Frauen des Königs Salomo erzählt wurde, die in ihrem Gepäck ihre Götzen nach Jerusalem mitgebracht hätten!

Noch Jahrzehnte später haben wir beim Familienurlaub das ganze Hab und Gut in diesem Koffer untergebracht. Er zierte dann den Gepäckständer auf dem Dach unseres Autos. Unverwüstlich, wie er war, hielt er Regen und Schnee aus. Der Fahrtwind sang sein Lied in den Haltegurten. Dazu war der Koffer mit seinen unterteilten Fächern ungemein praktisch.

Damals in Amerika packte ich all das in den Koffer, was man mir an Geschenken gemacht hatte; auch die Packung Tee. Im Hafen von New York kam dann der Überseekoffer in den Frachtraum: tief ins Innere des Ozeandampfers. In der engen Kabine des Schiffes hätte der Koffer nur den Weg versperrt.

Neun Tage später erreichte die »Italia« das europäische Ufer in Cherbourg. Noch eineinhalb Tage bis zur Ankunft in Cuxhaven! Wir sehnten uns so sehr nach dem Heimkommen! Was konnte es mir schon ausmachen, dass schon in Cherbourg deutsche Zollbeamte an Bord gekommen waren? Ich hatte doch nichts zu verbergen! Ich war doch kein Schmuggler!

So dachte ich auch noch, als mein Name durch den Lautsprecher ausgerufen wurde. »Bitte, rasch in den Frachtraum!« Den Zollbeamten war mein Überseekoffer verdächtig vorgekommen. »Was soll's? Ich habe ja doch nichts zum Verzollen dabei!«

»Nein, ich habe nichts Zollpflichtiges anzumelden!« So sagte ich überzeugt und sicher auch treuherzig. Aber dann griff der Zöllner in die Tiefe des Koffers. Mit sicherem Griff packte er die große Teepackung und hielt sie mir unter die Nase. »Und was ist das?« – »Das ist ein Geschenk einer alten amerikanischen Dame!« – »Das interessiert mich überhaupt nicht«, sagte der Zollbeamte schroff. »Das ist Tee. Und Tee ist zu verzollen! Das müssen Sie doch wissen!«

Nein, gewusst hatte ich das nicht. Es hatte mich aber auch nicht interessiert. Damals, im Jahr 1956, waren eben die amtlich gültigen Bestimmungen noch so streng.

Es wurde dann der teuerste Tee, den ich je getrunken habe; denn der Zoll und die zusätzliche Strafe waren unglaublich hoch.

Lange Zeit konnte ich nur zornig an das alles denken. Solch eine Gemeinheit!

Ich war drauf und dran, mich an den Merkvers zu halten:

»Und die Moral von der Geschicht':
Trau bloß den deutschen Zöllnern nicht!«

Aber dann wurde mir klar. Es muss anders heißen! Nämlich:

»Und die Moral von der Geschicht':
Oft liegt man falsch und merkt's doch nicht!«

BLINDER EIFER SCHADET NUR

Endlich war es soweit! Zum ersten Mal im Leben durfte ich nach Afrika zum Besuch afrikanischer »Christlicher Vereine Junger Menschen«. Deutsche Bruderschaftssekretäre hatten sie aufgebaut.

Mein Freund startete den Wagen. Von zu Hause wollte er mich zum Flughafen bringen. Aber da kam uns mitten auf der Straße ein Auto entgegen. Die Lichthupe blinkte aufgeregt. Die Insassen machten Zeichen: »Anhalten!«

Was war nur los? Im Auto saß die Schwiegermutter des Bruderschaftssekretärs. Sie hatte frische Brezeln aus der heimatlichen Möhringer Bäckerei für die Kinderfamilie im Norden Nigerias dabei. Auch wohl an die hundert Schokoladeneier für die Enkelkinder.

Wohin sollte ich das bloß alles packen? Nochmals eilte ich zurück ins Haus. Die neue Reisetasche musste her! Die knackfrischen Brezeln passten kaum in die Tasche. Gut, dass die Tasche noch einen zweiten Boden hatte. Eigentlich war er als Hemdenfach vorgesehen. Aber er war auch ideal als sicheres »Nest« für die empfindlichen Eier.

Zwölf Stunden später setzte das Flugzeug zur Landung in Kano an. Das war ein Abenteuer für sich. Denn in Nigeria tobte damals ein Bürgerkrieg. Darum wurde die Landebahnbefeuerung immer nur für kurze Momente eingeschaltet. Feindliche Flugzeuge sollten so wenig Orientierung wie möglich erhalten. Aus großer Höhe stieß die große Maschine fast im Sturzflug der Landepiste entgegen. War das ein Aufatmen, als ein harter Ruck durch das Flugzeug ging! Jetzt war die Maschine gelandet. Hart, aber sicher!

Für mich bedeutete die Landung neue Aufregung. Während das Flugzeug langsam dem Flughafengebäude entgegenrollte, war es für mich höchste Zeit zum Umziehen. Ich holte aus meiner Umhängetasche den Rundkragen, wie ihn katholische Priester tragen.

Eigentlich ist es nur so etwas wie ein kleiner schwarzer Einsatz. Am Hals wird er abgeschlossen durch einen runden weißen Kragen, der hinten am Hals mit einem Kragenknopf befestigt wird. An der Taille wird er wie eine Schürze mit Bändern gebunden.

Wozu diese Verkleidung? Der CVJM-Bruderschaftssekretär hatte mir geschrieben: »Die Flughafenpolizisten nehmen sich jeden Fremden vor, als sei er ein Spion. Aber keine Angst! Nur immer lächeln! Im Notfall palavern (also ein freundliches Gespräch führen)! Zu Pfarrern sind, nämlich alle Afrikaner freundlich. Hast du nicht so etwas wie einen Priesterkragen? Den tragen in Afrika alle Pfarrer, nicht nur die katholischen.«

Natürlich hatte ich einen solchen Kragen. Noch aus meinen Tagen als junger Pfarrer in Amerika. Dort nennt man einen solchen Kragen spöttisch »Beton-Riegel«. Den versuchte ich mir nun umzulegen. Aber Pustekuchen! In den dreizehn Jahren seit Amerika war mein Hals fülliger geworden. Dennoch versuchte ich mit aller Macht, meinen Hals in den harten und engen steifen Kragen einzuzwängen. Die Passagiere rechts und links von mir verfolgten mit weit aufgerissenen Augen, ob der krampfhafte Versuch glücken würde. Schließlich hatte es geklappt. Mitten unter den schwarzen Passagieren saß ich nicht nur als Weißer, sondern als einer mit blutrot angelaufenem Kopf.

Das Flugzeug war ausgerollt. Über die steile Treppe ging's hinunter auf den Flugplatz. Am liebsten hätte ich den festen Boden unter den Füßen geküsst, so wie es sonst nur der Papst tut. Aber die Flughafenpolizisten hatten uns mit Maschinenpistolen empfangen. »Hurry up, schnell, schnell!« So riefen sie und geleiteten uns wie Gefangene zum Warteraum im Empfangsgebäude. In langer Reihe stellten wir uns an. Ganz vorne saßen an einem Tisch zwei riesengroße afrikanische Polizisten, die einem durch ihr bloßes Aussehen einen Schrecken einjagten.

Schließlich wurde auch unser Gepäck in den Warteraum gekarrt. Hurra, da waren meine beiden Koffer und auch die Brezel-Eier-Tasche! Ich stellte sie vor mich hin. Immer wenn sich die Warteschlange ein wenig nach vorne bewegte, schob ich meine drei Gepäckstücke mit dem Fuß vor mir her. Immer deutlicher sah ich die missmutigen und müden Gesichter der Polizisten der Pass- und Zollabfertigung. Kein Wunder, dass sie sauer waren! Es war ja mitten in der Nacht, dazu noch mitten im Krieg. Nichts schien ihnen zu passen. Sie schimpften, wenn jemand seine Landepapiere nicht richtig ausgefüllt hatte. Sie trommelten ungeduldig mit den Fingern auf dem Tisch herum, wenn jemand erst mühsam seine Kofferschlüssel suchen musste, um seine Gepäckstücke zu öffnen.

Ich wollte ihnen einen Gefallen tun. Darum öffnete ich die Schlösser an meinem Koffer. Ich öffnete auch die Schließen am doppelten Boden meiner Reisetasche. Ich hatte ja nichts zu verbergen! Ich hatte nur Kleidungsstücke und Wäsche, ja – auch Brezeln und Schoko-Eier. Plötzlich waren die Augen des Polizeichefs auf mich gerichtet. Sein Gesicht strahlte. Mit einer einladenden Handbewegung holte er mich an den anderen Wartenden vorbei nach vorne: »Pastor, come! Please!« Bevorzugte Abfertigung für mich als Pfarrer!

So schnell ich nur konnte, beugte ich mich hinunter zu meinen Gepäckstücken und packte die Handgriffe der beiden Koffer und auch der Reisetasche.

In diesem Augenblick geschah es! Der altersschwache Kragenknopf hielt der gesteigerten Anspannung des Halses nicht mehr stand. Er explodierte förmlich! Die ganze Pracht des priesterlichen Rundkragens schälte sich vom Hals wie die Schalen einer reifen Banane.

Im gleichen Moment klappte auch das Unterteil der Reisetasche weit auf. Wie das Maul eines Baggers. Ich hatte ja die Schließen geöffnet. Sechzig, siebzig Schoko-Eier ergossen sich wie ein Lavastrom auf den schmutzigen Fußboden.

Ich stand wie gelähmt vor Schreck. Würden die Polizisten mich als Hochstapler ansehen? Als Spion? Aber die Afrikaner lachten. Sie bogen sich vor Lachen; die Polizisten und auch die Passagiere. So kamen die etwas altbacken gewordenen Brezeln und die etwas matschigen Schoko-Eier schließlich doch noch an die richtige Adresse. Aber ich nahm mir vor: Nie mehr will ich mich aus Angst anders geben als ich nun einmal bin!

Unterdruck herrscht im Frachtraum des Flugzeugs, dort, wo auch das Gepäck geladen ist. Anders ist es dort, wo die Passagiere sitzen. Da wird der Luftdruck ausgeglichen, denn auf 11 000 Meter Höhe ist die Luft so dünn, dass kein normaler Mensch das lange aushalten könnte.

Was der Unterdruck im Gepäckraum anrichten kann, habe ich bei einem Rückflug aus Afrika erlebt. Auf dem malerischen Markt von Kaduna in Nigeria hatte ich eine Tüte mit scharfem, afrikanischem Pfeffer erstanden. Es war richtig schöner roter Pfeffer, wunderfein zu puderartigem Pulver gemahlen. Das Wasser lief mir im Mund zusammen, wenn ich daran dachte: Ein schwäbischer Sonntagsbraten und als »Pfiff« dazu eine Prise von diesem Pfeffer! Oder erst recht ein Teller voll Reis mit Gulasch – und obendrauf ein Löffelchen von diesem roten Gewürz!

Aber der Tüte traute ich nicht. Ich wollte doch nachher nicht gepfefferte Hemden oder Socken im Koffer haben! Darum kaufte ich mir auf dem Markt ein leeres Schraubglas. Es sah aus wie ein leeres Marmeladenglas. Darin war der Pfeffer gut aufgehoben; unter dem fest verschraubten Deckel.

Aber Pfeifendeckel! Als ich zu Hause meinen Koffer öffnete, stieg mir eine Wolke von Pfeffer in die Nase und in die Augen. Alles im Koffer war fein gepudert mit dem afrikanischen Pfeffer.

Das hatte der Unterdruck fertig gebracht. Er hatte offenbar sogar den Schraubdeckel überlistet. Er hatte den feinen Pfeffer aus dem Glas gesaugt.

Nun, ich war seit diesem Flug gewarnt. Jedoch nicht einer meiner Freunde. Zusammen mit ihm und mit anderen deutschen Kirchenleuten flog ich im Sommer 1974 nach Genf zum Zentrum des Weltkirchenrates. Schwierige Besprechungen lagen vor uns. Aber als rechte Schwaben wollten wir den Gesprächspartnern in Genf ein Gastgeschenk machen. So wurden auf dem Flugplatz in Echterdingen je zwei Flaschen mit köstlichem schwäbischen Wein an jeden Teilnehmer der Delegation ausgeteilt; denn zwei Flaschen pro Person sind zollfrei.

Wir anderen packten alle die Flaschen in unser Handgepäck, das man mit in die Kabine nimmt. Aber mein Freund wollte seine Handtasche nicht zu sehr belasten. Darum machte er noch mal seinen Koffer auf und packte die Flaschen zu seinen weißen Hemden. Also zum Waschzeug, zum Schlafanzug und zu dem, was er sonst noch im Koffer hatte.

Was muss er wohl für Augen gemacht haben, als er im Hotel in Genf seinen Koffer aufmachte! Schlafanzug und Hemden waren rot gefärbt. Über all dem rot Gefärbten war ein merkwürdiges Glitzern und Glänzen. Es waren feinste Glassplitter. Ich weiß nicht genau, was der Unterdruck bewirkt, ob da die Flaschen »explodieren« oder »implodieren«. Auf jeden Fall waren sie in feinsten Glasstaub zermahlen. Der Wein aber hatte sich aufgelöst in einen herrlich räsen Duft.

Ich muss gestehen: Die rosa gefärbten Hemden standen meinem Freund gar nicht schlecht. Peinlich war nur, dass er immer in eine Alkoholfahne eingehüllt war, die gerade zu ihm nun gar nicht passte; denn er war konsequenter Antialkoholiker.

So kann sich Unterdruck auswirken! Vielleicht ist es ja im Leben immer so. Viele Menschen stöhnen über den Druck, unter dem sie stehen. Aber noch viel zerstörerischer ist für uns Menschen der Unterdruck; also wenn nichts mehr von uns gefordert, nichts mehr von uns erwartet wird.

DER BLECH-KOFFER

Was geschieht eigentlich mit dem Gepäck auf den Flugplätzen und in den Flugzeugen? Ich bekomme immer nur die langen Gesichter der Passagiere mit, nämlich wenn bei der Gepäckausgabe die Koffer und Taschen vom Transportband purzeln: Hier ist ein Handgriff abgerissen, dort ist ein Koffer aufgesprungen. Drüben ist eine Kofferwand eingedrückt. Da ist eine Tasche aufgeschlitzt.

So waren schließlich auch meine beiden einst schönen Koffer nur noch Wracks, als ich nach einigen Stationen quer durch Afrika die Stadt Lagos in Nigeria als letzte Station erreichte. Stewards halfen mir. Mit breiten Klebestreifen und mit einem dicken Seil wurden die auseinander klaffenden Kofferteile zusammengehalten. Aber so konnte ich nicht wieder nach Deutschland zurück.

Ein afrikanischer Freund riet mir: »Geh doch auf den Markt nach Apapa. Da gibt's alles! Auch Koffer! Dazu noch günstig! Du wirst sehen: Es ist ein Erlebnis!«

Ein Erlebnis war es allerdings. Ich war der einzige Weiße unter Tausenden von freundlichen Afrikanern. Aber was heißt schon »weiß«? Wir Europäer meinen, wir seien »Weiße«. Die Afrikaner sehen uns als »rosa« (»pink«) an und sie lachen dabei; denn sie denken an rosa Schweinchen.

Schweinchen, die gab's auch auf dem Markt: quiekend Lebendige und stumme Geschlachtete. Hühner gab's und alle Arten von leckeren Früchten; viele Arten von Yamswurzeln und von Bananen alle Sorten. Gebrauchte Kleider und bunte, neue Kleider, Ketten, Ringe, Perlen, Muscheln und stark riechende Fische. Schließlich auch noch Koffer.

Was für Koffer! Geflochtene Bastkoffer und Holzkoffer. Aus fröhlich buntem Tuch genähte Tuchkoffer und schließlich auch Metallkoffer. Neben dem Verkaufsstand konnte man sehen, wie sie gefertigt wurden. Aus alten Blechfässern wurden Streifen geschnitten. Die wurden dann platt geklopft. Die einzelnen Stücke wurden aneinander genietet und verlötet. Schließlich wurden sie mit irgendeiner Fantasiefarbe angepinselt. Ein Metallrohr wurde zu einem Handgriff gebogen und kunstfertig am Koffer angebracht.

Solch ein Metallkoffer stach mir in die Augen. Der konnte bei den schlimmsten Luftlöchern durchs Flugzeug gewirbelt werden, ohne dass er Schaden nehmen musste. Den konnten die Gepäckträger auf den Boden werfen, ohne dass er brechen würde. Er sah aus wie eine Mischung aus einem kleinen Geldtresor und einer Zwei-Zentner-Bombe. Wie die Erde Afrikas leuchtete er rotbraun. Die Farbe war noch so frisch, dass sie nachher meine Hose lackierte. Dennoch, der Koffer war preiswert, vor allem nach einem frohgemuten Feilschen mit den Verkäufern. Ich war überzeugt, ein gutes Geschäft gemacht zu haben – aber sie wohl auch!

Erst auf dem weiten Weg von den Verkaufsständen in Apapa zurück zum Hotel merkte ich, dass der neu erstandene Koffer elend schwer war, sogar ohne jeden Inhalt. Der schmale Metallhandgriff schnitt immer schmerzhafter in meine Hand ein. Dazu hatte ich, weil der Koffer keine Schließen hatte, als »Dreingabe« von den Verkäufern großzügig ein schweres, urtümlich aussehendes Maderschloss bekommen, das den Griff erst recht unhandlich machte.

Ich habe bis heute mit diesem Koffer viel erlebt. Wahrscheinlich können auch alle Mitarbeiter von Fluglinien, die je diesen Koffer in die Finger bekamen, ein Lied von ihm singen; ein Klagelied nämlich. Aber kaputtzukriegen ist er bis heute nicht. Das Dumme ist nur, dass man auf jedem Flugplatz mit diesem Stück komisch angeschaut wird. Wie jemand, der aus einer anderen Welt kommt. Aber ich weiß: Beim Ankommen bin ich unter denen, die kein langes Gesicht machen müssen. Denn dieser Koffer hält alles aus!

VERZWEIFELT »NACH NOTEN«

New-Delhi, die Hauptstadt Indiens, lag in buntem Flaggenschmuck. Es war Nationalfeiertag, 25. Januar. Sogar die Ärmsten der Armen waren festlich gestimmt. Hunderttausende strömten zur Parade ins Innere der Millionenstadt.

Ich war in entgegengesetzter Richtung mit einem Motorroller-Taxi unterwegs. Mich zog es zum Flugplatz; denn der wichtigste Koffer war nicht angekommen: der Blechkoffer mit den Notenständern und mit den Noten für unsere schwäbischen Posaunenbläser. Wir sollten aber doch an dem »Republic Day« ein Konzert für hochrangige Gäste geben.

Der indische Verband »Christlicher Vereine Junger Männer« hatte uns zu einer Tournee durch Indien eingeladen. Uns: Also den Spitzenchor »Schwäbischer Posaunendienst« und mich als den, der durch das Programm führen sollte. Die Inder haben ein Herz für Blasmusik. Daher sollten wir mit unseren Konzerten Anstöße dafür geben, dass auch in den indischen CVJMs Bläsergruppen aufgebaut werden.

Die Instrumente hatten unsere württembergischen Bläser ins Flugzeug mitgenommen. Die schweren Notenständer und Notenbücher jedoch hätten das zulässige Gewicht für mitgeführtes Gepäck weit überschritten. So hatte ich schon 14 Tage vor dem Abflug den prall gefüllten Blechkoffer als »unbegleitetes Fluggepäck« vorausgeschickt.

Aber bei unserer Ankunft in New-Delhi wusste niemand etwas von diesem Koffer. Die Schalterbeamten von »Air India« müssen mir den Schreck angesehen haben; denn zuvorkommend waren sie. Sie trösteten mich sogar. »Wir werden das schon hinbekommen!« So ließen sie mich wissen. Sie jagten Fernschreiben hinaus an alle Flughäfen, in denen der Koffer falsch geleitet stehen konnte. Denn das sahen sie ein: Ein Posaunenchor ohne Noten ist wie ein Fahrrad ohne Räder.

Aber alles Fahnden quer um den Erdball blieb ohne Ergebnis; auch meine Extrafahrt zurück zum Flugplatz. Es gab auch nicht die geringste Spur vom Koffer.

Wieder eilte ich zurück zum Hotel. Gerade kamen die Bläser begeistert von der Parade zurück. Ihnen verschlug es den Atem, als sie vom Misserfolg meiner Koffersuche hörten. Wir waren »nach Noten« verzweifelt. Aber dann erwiesen sich die Bläser als erfindungsreiche Schwaben. Unser Dirigent hatte von allen Noten wenigstens ein einziges Exemplar dabei. Die musste man ja nur einfach irgendwo kopieren.

Aber wo sollte das geschehen? Am Nationalfeiertag waren alle Büros und Geschäfte geschlossen. Dicht verrammelt waren alle Rolläden an den Vervielfältigungsbüros.

Einer hatte die Idee: »Jetzt muss die deutsche Botschaft helfen!« Aber auch dort war Feiertag. Nur ein schläfriger Hausmeister meldete sich am Telefon. Aber er war hilfsbereit. Er ließ unsere Bläser an das betagte Kopiergerät. Dort erwartete uns nun die nächste Enttäuschung. Es hatte noch das uralte System: Dabei wurde jedes Blatt einzeln eingelegt. Nach langer Zeit kam dann langsam die Kopie aus der Maschine. Dann musste erst noch das Deckblatt wie bei einem Abziehbildchen abgezogen werden. Übrig blieb dann eine klatschnasse Kopie, die sich wie eine hebräische Schriftrolle zusammenrollte.

Unsere Bläser schafften wie die Weltmeister, aber die Zeit verrann. Es ging immer näher auf nachmittags vier Uhr zu. In dem Konzertsaal versammelte sich schon eine festliche Gesellschaft: Vornehme Inder mit ihren in farbenprächtige Saris gehüllten Frauen, deutsche Firmenvertreter im dunklen Anzug, Angehörige der deutschen Botschaft – und auch einige europäische Hippies, die in Indien das Heil suchten und doch offenbar etwas Heimweh hatten nach Heimatklängen.

Alle Bläser bis auf zwei Kopierfachleute ließen sich mit Taxis zum Konzertsaal bringen. Die feuchten Notenkopien hielten sie zum Trocknen aus den Fenstern der Taxis. Im Konzertsaal angekommen, befestigten sie die Blätter mit Wäscheklammern an den Lehnen von Stühlen, die sie vor sich hingestellt hatten. So schafften wir die ersten Programmnummern; doch der Nachschub fehlte. Der Hausmeister der deutschen Botschaft hatte ihn durch einen Boten schicken wollen, aber der Bote saß wohl irgendwo mit seinem Taxi im Gewühl der festlichen Hauptstadt fest.

Hilfe heischend flüsterten die Bläser mir zu: »Mensch, schwätz!« Ich sollte die peinliche Pause überbrücken. So kratzte ich das Bisschen meiner Englischkenntnisse zusammen und erzählte von Posaunentagen in Ulm, wo Tausende im Ulmer Münster und auf dem Platz davor zur Ehre Gottes blasen. Ich berichtete davon, dass es in Württemberg in fast allen Gemeinden und CVJMs Bläserchöre gibt. Ich stellte unseren Dirigenten Wilhelm Mergenthaler vor und die einzelnen Mitglieder des Spezialchores.

Endlich ging hinten die Türe auf. Der Bote brachte die eben fertig gestellten und daher tropfnassen neuen Kopien. Unsere erfindungsreichen Bläser wurden auch mit diesem Problem fertig. So konnten wir das geplante Programm zur Begeisterung der Zuhörer bis zu Ende durchziehen; bis zur indischen Nationalhymne.

Aber wie sollte es weitergehen? Am nächsten Tag sollten wir in den Süden Indiens fliegen. Zuerst nach Hyderabad, dann nach Trivandrum und Madras. Wir brauchten einfach den Koffer! In Gebetsgemeinschaften auf den Hotelzimmern und auch jeder für sich schrien wir Gott um Hilfe an.

Am späten Abend ließ ich mich noch mal ohne große Hoffnung zum Flugplatz hinausfahren; denn in der Zwischenzeit war gar kein Flugzeug aus Europa angekommen. Aber ich bat die Verantwortlichen, selbst in den Gepäckhallen nachsehen zu dürfen. Meine Augen glichen dem Blick der herrenlosen, indischen Straßenköter, die um einen Bissen Brot betteln. »Na ja«, sagte der Flugplatzmensch, »wir können's ja versuchen!« Halle um Halle durchsuchten wir. Nirgends war der rostbraune Blechkoffer zu entdecken. Der Baggage-Offizier wollte schon umdrehen. In seinem Gesicht war etwas zu erkennen wie der Triumph: »Siehst du, ich habe es ja gleich gesagt, dass nichts da ist!« Aber da fiel mein Blick durch das kleine Fenster der Hallentür in die angrenzende Halle. »Da ist nichts für Sie!«, so herrschte mich der indische Begleiter an. »Das ist die Halle für gefährliche Stoffe!«

Aber meine Augen hatte etwas entdeckt, was mein Herz höher schlagen ließ. Mitten in der Halle, einsam wie ein aufgebahrter Sarg, stand der langgesuchte Koffer. »That's it«, schrie ich heraus.

Es dauerte noch Stunden, bis ich den Koffer freibekam. Den Indern war der schwere Blechkoffer verdächtig vorgekommen. Er sah ja auch aus wie ein Mini-Unterseeboot. Unter dem Röntgenschirm hatten die indischen Polizeileute schweres Metallgerät entdeckt. Sie vermuteten Gewehrteile und Maschinengewehrläufe. Aber das waren ja nur harmlose Notenständer. Die Notenbücher aber hatten sie für Patronenpackungen gehalten.

Darum wurde zum vorsichtigen Öffnen des Koffers ein Spezialist vom indischen Bombenräumkommando herangeholt. Er wagte sich langsam an das schwere

Blechgehäuse. Die anderen Zusehenden verzogen sich ängstlich in die Ecken des weiten Raumes. Mit meinem Schlüssel drehte der Feuerwerker langsam am Maderschloss. Als es offen war, hob er sorgfältig den Deckel des Koffers an. Ihm fiel wohl ein Stein vom Herzen, als er vor sich sorgfältig eingepackte Notenständer und Notenbücher sah. Aber erst recht fiel mir ein Stein vom Herzen, als ich schließlich den Koffer ausgehändigt bekam.

Gott findet nicht nur für Wolken, Luft und Winde Bahn. Er kann auch Wege finden, dass Koffer ans Ziel kommen, damit mitten im indischen Kontinent Jesus »nach Noten« gelobt werden konnte.

DR. KATOS KOFFER

Als Übriggebliebene standen wir spätnachts in der Empfangshalle des Stuttgarter Flughafens: Dr. Byang Kato, der dynamische, junge Generalsekretär der Evangelikalen Afrikas und ich. Dr. Katos Koffer war nicht angekommen. In Fort Lauderdale in Florida hatte er ihn aufgegeben; ab da wurde er nirgends mehr gesehen. Er tauchte auch nie wieder auf.

Byang Kato zitterte vor Kälte. In seiner Heimat in Kenia war Hochsommer, bei uns jedoch tiefster Winter. In Florida, beim Abflug von seinem Zwischenaufenthalt, hatte die Sonne geschienen. Aber bei uns pfiff kalter Wind über die Hochfläche der Fildern. Schon nach den paar Schritten hinüber auf den Parkplatz waren die leichten Schuhe Katos durchnässt. Festes Schuhwerk und warme Kleidung waren im Koffer, der verloren gegangen war.

Dr. Kato war von der württembergischen Kirchenleitung und Synode eingeladen worden, bei der Sondertagung zum Thema »Ökumene und Mission« (Freudenstadt 1974) als Sachverständiger dabei zu sein. In Freudenstadt, auf der Höhe des Schwarzwaldes, waren die Straßen von Mauern weggeschaufelten Schnees gesäumt. Aber Dr. Kato hatte Humor: »Ich ziehe einfach meine weite afrikanische Stammeskleidung an; dann sieht man nicht das Durcheinander von Pullovern und Hosen deiner Kinder, das darunter herrscht!« Denn wir hatten Byang Kato, dem stämmigen und doch klein gewachsenen Mann, mit allem nur einigermaßen passenden Warmen ausgeholfen, das wir in den Schubladen unserer Söhne finden konnten.

Aber auf der Tagung selbst heizte uns der frierende Schwarzafrikaner so ein, dass selbst missionskritischen Ökumenikern der Schweiß auf die Stirn trat. Er machte uns überzeugend deutlich: »Natürlich braucht Afrika eure Hilfe! Wir brauchen Schulen, Krankenhäuser, Speisungsprogramme, Entwicklungsfachleute. Aber noch mehr brauchen wir eure Hilfe, dass wir Afrika das Evangelium von Jesus bringen können. Noch mehr als nach Wohl hungert Afrika nach dem Frieden mit Gott, den nur Jesus geben kann!«

Zehn Monate später fand dann in Kenia die ökumenische Weltkirchenkonferenz statt; in Nairobi, der Hauptstadt. Dort, wo Dr. Kato wohnte und auch sein kleines Büro mit der weltweiten Ausstrahlung hatte. Unter meinem Gepäck dorthin war auch ein großer, leerer Samsonite-Koffer, das Beste vom Besten: Hartschale, schwarz, gediegen, mit Rollen. Es war ein Gruß des Dankes von der württembergischen Kirche an Dr. Kato. Sozusagen auch ein Ersatz für den verloren gegangenen Koffer.

Schon gleich bei der ersten Begegnung wollte ich Kato das edle Gepäckstück überreichen. Aber er sagte:

»Das macht ihr« – er meinte meinen Freund Walter Arnold und mich – »unter dem Christbaum. Bevor ihr heimfliegt, lade ich euch zu mir nach Hause zu einer vorgezogenen Weihnachtsbescherung ein. Was wird meine Frau für Augen machen, wenn sie diesen Koffer sieht!«

Ja – und was für Augen die sonst so scheue Frau machte! Erst recht die drei Kinder der Eheleute Kato! Der vom Koffer ausgehende Glanz überstrahlte bei weitem das in Afrika merkwürdig anmutende Christbäumchen, dessen kleine elektrische Kerzen uns zu Ehren schon drei Tage vor dem Fest leuchteten.

Trotzdem wollte keine rechte Christfeststimmung aufkommen; denn Dr. Kato vertraute uns an, wie gefährdet sein Leben sei. Fanatische Muslime bedrohten ihn. Erboste Kenianer hatten ihn wissen lassen, dass er als gebürtiger Nigerianer bei ihnen nichts zu suchen habe. Sogar von Christenleuten hatte er gehässige Drohungen bekommen, die den brennenden Evangelisten loshaben wollten. Mächtige Clans hinter der damaligen kenianischen Regierung misstrauten dem Christenführer, der weltweit Kontakte hatte.

Am nächsten Morgen flogen wir nach Europa zurück. Dr. Byang Kato fuhr mit seiner Familie und mit dem neuen Koffer zu einem Weihnachtsurlaub an die kenianische Küste bei Mombasa. Der Koffer überlebte ihn. Zwei Tage später war Dr. Kato tot. Er war vom Baden im Meer nicht mehr zurückgekommen. Tage später wurde sein Leichnam angeschwemmt.

»Badeunfall«, so nannte es die Polizei. Frau Kato schrieb in der Todesanzeige: »Byang was promoted to the glory of his Lord« (er wurde befördert, hinein in die Herrlichkeit seines Herrn).

FREUT EUCH MIT MIR!

In Untermarchtal am Oberlauf der Donau waren die Oberen des Praemonstratenserordens aus aller Welt zusammengekommen. Es waren lauter Männer mit klugen, guten Gesichtern, denen man den täglichen Umgang mit Gebet und Gottes Wort ansah. Zum Eröffnungsgottesdienst mit dem Rottenburger Bischof hatten sie ihre besonders feierliche weiße Tracht angelegt.

Sie waren verständnisvolle Brüder in Christus. Von mir, der ich bei der festlichen Eröffnung die Evangelische Kirche vertreten sollte, erwarteten sie keinen Kniefall und keinen Empfang des Altarsakramentes. Aber sie freuten sich mit mir am gemeinsamen Glauben an den Heiland Jesus Christus.

Nach dem langen, nie langweiligen Gottesdienst gab es einen Empfang. In den weiten Klosterhallen war ein Buffet aufgebaut, bei dem sich die Tische vor Köstlichkeiten fast bogen, die das Wasser im Mund zusammenlaufen ließen. Diese Würdenträger waren alles andere als schmallippige Asketen! Auch die Rauchwolken, die von den Rauchern unter den Versammelten aufstiegen, machten deutlich, dass sie es nach alter Sitte so hielten: Zwar soll man beim Beten nicht rauchen, aber man darf beim Rauchen beten!

Irgendwie fühlte ich mich hingezogen zu einem Soutaneträger mit gedrungenem Körperbau; er war fast so breit wie hoch. Aber er schaute etwas traurig drein. Kein Wunder! Ihm war seine wertvolle Reisetasche abhanden gekommen – samt Geld, Pass, Flugticket und, was besonders schmerzlich war, samt Amtskreuz. Das war Teil seiner selbst; denn nach katholischem Verständnis sind die Äbte und Regionalprioren alle im Rang eines Bischofs.

»Ich hätte es nie abnehmen sollen! Hätte ich es doch, wie sonst immer, auf meiner Brust getragen!« So klagte er, der Abt aus Orange bei Los Angeles im amerikanischen Kalifornien. Aber schon zu Hause hatte er Angst gehabt, irgendwelche bösen Menschen könnten ihm das Goldkreuz abnehmen. So hatte er es in seiner Lederreisetasche sicher verstaut, die er über alle Zwischenstationen sorgfältig gehütet hatte.

Aber auf dem Ulmer Omnibusbahnhof war das Malheur passiert. Er hatte die Tasche zusammen mit seinem Koffer am Laderaum des Busses abgestellt, der die Gäste nach Untermarchtal bringen sollte.

Wie von Amerika her gewohnt, hatte er erwartet, dass sich der Busfahrer um alle Gepäckstücke kümmert. Aber der hielt sich an deutsche Bräuche. Er verstaute die Koffer im Laderaum und ging davon aus, dass jeder Mitfahrer sein Handgepäck an sich nimmt. So war die Tasche stehen geblieben. Erst beim Aussteigen vor der eindrucksvollen Klosterkulisse an der oberen Donau wurde die Panne bemerkt.

Im Grunde genommen schmerzte den Gottesmann aus Amerika zwar auch, dass Geld, Pass und Flugschein weg waren. Aber ungleich schwerer wog der Verlust seines Bischofskreuzes. Von den Lachfalten, die das Gesicht des Würdenträgers durchzogen, war kaum mehr etwas zu entdecken. »Aber Gott kann auch Verlorenes zurückbringen!«, so sagte er zuversichtlich.

Zwar hatte ich so meine Zweifel; denn nicht nur in Downtown Los Angeles und in Chicago, sondern auch in Ulm gibt es nicht nur vertrauenswürdige Gestalten, besonders um den Bahnhof herum. Trotzdem jagte ich, ohne von den Köstlichkeiten genossen zu haben, mit dem Auto nach Ulm zurück. Am Ulmer Bahnhof eilte ich zur Bahnpolizei. »Ist bei Ihnen eine rote Lederreisetasche abgegeben worden?« Der freundliche Beamte fragte zurück: »Was soll denn drin sein?« Ich konnte nur sagen: »Genau weiß ich's nicht; denn es ist gar nicht meine Tasche, sondern sie gehört einem amerikanischen Abt, der sie vermisst. Aber drin sein muss sein Pass, viel Geld, sein Flugschein und vor allem ein goldenes Bischofskreuz!« Der Beamte lachte: »Da haben Sie aber mehr Glück als Verstand gehabt! Die Tasche wurde hier abgegeben. Aber Ihnen darf ich sie nicht geben. Da muss der Besitzer selbst kommen und den Inhalt identifizieren, damit klar ist, dass auch nichts fehlt!«

Mein nächster Gang war zum Telefon. Es dauerte eine Weile, bis sie in Untermarchtal den amerikanischen Gast an der Strippe hatten. Als ich ihm erzählte, dass seine Tasche gefunden worden sei, hauchte er nur immer wieder beglückt und staunend ins Telefon: »Praise the Lord, praise the Lord!« Es war wie der Jubel, von dem Jesus erzählt hat: »Freut euch mit mir; denn es wurde gefunden, was ich verloren hatte!«

KOFFER GABEN BEINAHE DEN REST

Vom Sturm geschüttelt konnte die große Düsenmaschine kaum in Atlanta aufsetzen. Es war der Tag, an dem in Florida der Hurricane »Andrew« vernichtend tobte. »Vom Winde verweht« waren auch Flugpläne für die Anschlussflüge.

Ich fühlte mich hundeelend. Während des langen Fluges von Europa war ich immer wieder von Fieberschauern geschüttelt worden. Eine kleine Sportwunde hatte über dem stundenlangen Sitzen im Jet für eine Blutvergiftung gesorgt. Dazu war ich, was ich gar nicht wusste, zuckerkrank. Das hatte die Vergiftung erst recht hochkochen lassen.

Zuerst nahm ich's nicht ernst. Ich war froh, als ich schließlich mitten in der Nacht über das unendlich weite Lichtermeer von Los Angeles in das »gelobte Kalifornien« eingeflogen wurde. Am nächsten Tag versuchte ich noch, humpelnd und die Zähne zusammenbeißend, Los Angeles zu durchstreifen – auch mit Hilfe des gemieteten, wunderbar weißen Buick.

Aber dann ging's einfach nicht mehr. In Glendora fragte ich einen Passanten nach dem nächsten Hospital. »Just around the corner!« (gleich um die Ecke), sagte der. Wirklich, da stand der moderne Bau. Dazu war es noch ein von der Presbyterianischen Kirche geführtes Krankenhaus, das mit einer in Kalifornien bekannten Spezialabteilung für Zuckerkranke eingerichtet war. So kann es aussehen, wenn Jesu Wort wahr gemacht wird: »...so wird euch das Übrige alles zufallen!« Kein »Zufall« war's, sondern ein »Zufallen«, also ein Zuteilen des lebendigen Jesus.

Die Spezialisten machten ein ernstes Gesicht. Der Fuß war durch die Blutvergiftung so angegriffen, dass er aussah, als wenn ich ihn in offenes Feuer gehalten hätte. Eigentlich wollten sie mir sofort das Bein abnehmen, um den übrigen Körper zu retten.

Aber so weit kam es dann doch nicht. Der aus China stammende, feinfühlige Internist und der in Japan beheimatete Orthopäde behandelten mich so fachmännisch, dass ich nach einer Woche zur weiteren Behandlung nach Europa fliegen konnte.

Der junge amerikanische Pfarrer Bill Ditewig sorgte sich rührend um mich. Er schleppte meine Koffer. Er sorgte dafür, dass ich einen Platz in der vordersten Reihe der Businessclass bekam, wo ich das dick bandagierte Bein ausstrecken konnte. Er war, bereit zum Auffangen, neben mir, als ich an zwei Krücken zur Abflughalle humpelte. Er hatte all die Medikamente besorgt, die ich nach strengem Plan während des Fluges einnehmen musste. Er hatte veranlasst, dass ich beim Umsteigen in Atlanta einen Rollstuhl mit Steward vorfand, der mich von den USA-Inlandflügen in die Abfertigungshalle mit den Überseeflügen kutschieren sollte.

Dieser Flughafenangestellte sorgte fast wie eine Mutter für mich. Fast zu sehr. Er fragte wirklich Anteil nehmend nach meinem Befinden. Er vermittelte mir während der Wartezeit einen Aufenthalt in den heiligen Hallen der Lounge für Fluggäste der 1. Klasse. Dort holte er mich wieder mit einem ermutigenden Strahlen ab, als es schließlich so weit war, dass die Delta-Maschine nach Stuttgart abgefertigt wurde. Geschickt wie ein Krankenpfleger setzte er mich in den Rollstuhl. An den langen, hohen Bügel über dem Sitz hängte er die beiden Koffer. Ab ging's auf weichen Rollstuhlrädern durch die langen Gänge und Flure. Endlich kam der Schalter mit der Aufschrift: »Flug 121 – Amsterdam-Stuttgart«! »Just a moment« (einen Augenblick nur), sagte der Betreuer, zog die Handbremse am Rollstuhl an und ging mit meinem Ticket zum Abfertigungsschalter. Für die übrigen Passagiere bedeutete es offenbar eine Abwechslung in ihrem trübseligen Warten, mich im Rollstuhl zu sehen. Mitleidig sahen sie auf mein dick verpacktes Bein, auf die Krücken, in mein offenbar von der Krankheit gezeichnetes Gesicht.

Aber da passierte es! Ich fühlte mich wie von einem frechen Attentäter brutal nach hinten gerissen. Trotz des geschienten Beins machte ich zum ersten Mal im Leben gekonnt eine »Rolle rückwärts«. Die Wartenden um mich herum schrien auf! Zuerst waren sie wie versteint vor Schreck. Dann griffen einige zu, richteten den Rollstuhl wieder auf, der durch das Gewicht der Koffer nach hinten gekippt war, und setzten mich behutsam in das Gefährt. Alles hatte nur ein paar Momente gedauert. Zu bedauern war vor allem der Flughafenbegleiter, der mir so behilflich gewesen war. Die Umstehenden blickten ihn grimmig an wie einen Pflichtvergessenen, ja, wie einen Verräter. Er war froh, dass er mich rasch ans Flugzeug schieben und den liebevollen Stewardessen übergeben konnte. Bevor ich mich recht für all das Gutgemeinte bedanken konnte, war er verschwunden.

Die langen Stunden der kommenden Nacht über sah ich vor mir durch den Spalt des Vorhangs, der meinen Sitz von der weiträumigen 1. Klasse trennte, einen bekannten Tennisprofi auf und ab gehen. Er war bei einem Supermatch von einem amerikanischen Ass besiegt worden. Das konnte er offenbar kaum verwinden. Wie viel besser war ich dran! Ich war auf dem Weg zur Heimat! Das gefährdete Bein war gerettet! Gott hatte mich vor Schlimmem bewahrt, selbst dort, wo mir meine eigenen Koffer beinahe den Rest gegeben hätten. »Gott wird dich mit seinen Fittichen decken!« Sogar dann, wenn menschlich gut gemeintes Helfen nicht ausreicht.

NICHTS UNBESEHEN EINPACKEN!

Es war bei einem der festlichen Trauungsgottesdienste im Ulmer Münster. Eine ehemalige Konfirmandin, die ein bekanntes Model geworden war, ließ sich von mir trauen.

Kein Wunder, dass die ganze Festgemeinde etwas anders war, als man das sonst von Gottesdienstbesuchern gewohnt ist. Was für Gewänder! Die männlichen Wesen im Cutaway. Ein Hauch von Modenschau lag über dem ganzen Auftritt des Brautzuges. Besonders das Seidengewand einer der Damen stach in die Augen. Es war raffiniert geschnitten und hatte ein ungewöhnliches Muster. Es erinnerte mit seinen helldunklen Streifen an ein Tigerfell.

Das Brautpaar hatte sich nach langer Suche für einen Trautext entschieden, der es auch mit dem »Anziehen« zu tun hatte: »So zieht nun an als die Auserwählten Gottes ... herzliches Erbarmen, Freundlichkeit, Demut, Sanftmut, Geduld.«

Ich versuchte, die Festgemeinde bei dem »abzuholen«, was ihnen so wichtig war. Ich erinnerte an das Sprichwort »Kleider machen Leute«. Schließlich käme niemand auf den Gedanken, sich mit einem verblichenen Kleid oder einer zerknautschten Krawatte bei einem Fest sehen zu lassen. Weil Jesus uns zu dem Fest der engsten Gemeinschaft mit ihm einlade, wolle er uns auch – wie ein Festgewand – das Beste bereitlegen. Aber es sei nun an uns, das nicht allein zu bestaunen, sondern sich des Angebotes Jesu zu bedienen.

Nach der Trauung verabschiedete ich mich von der Hochzeitsgesellschaft. Da sprach mich mit rotem Kopf die »Tiger«-Dame an: »Es ist mir ja so peinlich! Sie haben doch sicher mich gemeint. Aber beim Abflug heute Morgen in Berlin habe ich mein Kleid gar nicht genau angesehen. Sonst hätte ich gemerkt, dass es irgendwie verschossen ist. Ich weiß gar nicht, wie das kommen konnte! Ich hab's erst kurz vor der Trauung entdeckt. Da war es zu spät, ein anderes Kleid zu beschaffen!«

Ich konnte die Dame kaum beruhigen. Ob ich sie wirklich überzeugen konnte, dass ich gar nicht sie gemeint hatte, weiß ich bis heute nicht.

Aber beim anschließenden Festkaffee wurde mir klar: »Das ist ja die bekannte Schlagersängerin aus Berlin!«

Als ganz junges Mädchen war sie bekannt geworden mit dem Hit, der ein richtiger »Ohrwurm« in der Nachkriegszeit war: »Pack die Badehose ein, nimm dein kleines Schwesterlein. Und dann nichts wie raus an' Wannsee!«

Badezeug kann man ruck-zuck in die Tennistasche oder in den Matchsack stopfen. Schon etwas anderes ist es bei einem hochzeitlichen Kleid.

Aber ist denn bei mir das, was ich als meinen Fest-staat vor Gott ansehe, wirklich in Ordnung? Oder sind auch bei mir die »besten Stücke« verschossen, verblichen, unansehnlich?

ABSOLUT DIEBSTAHLSICHER

Am frühen Morgen lag das Städtchen Blumenau in Brasilien noch wie im Schlaf. Nur einige Zeitungsboys waren unterwegs. Aber auch wir: nämlich eine Gruppe von Christen, Verantwortliche der brasilianischen »Stundenleute«. Unser Ziel war der Flugplatz in Florianopolis, zwei Stunden schnelle Autofahrt waren eingeplant. Von da sollte es zu wichtigen Besprechungen bei lutherischen Kirchenleitungen in Porto Alegre und Buenos Aires gehen.

Wir wuchteten unser Gepäck in den weiten und tiefen Kofferraum des amerikanischen Straßenkreuzers. Das Auto gehörte dem Gemeinschaftspräsidenten Bretzke, einem angesehenen, fantasiereichen Süßwarenfabrikanten. Unsere Taschen und Koffer waren prall gefüllt mit Akten. Wir brauchten sie für die Verhandlungen mit den Kirchenpräsidenten. Bei ihnen wollten wir geschniegelt und gebügelt erscheinen. Drum legten wir die Anzugsjacken über unsere Gepäckstücke. Mit einem satten »Pflomm!« schloss sich der schwere Deckel des absolut diebstahlsicheren Kofferraums.

Bevor wir losfuhren, sagte der fromme Fabrikant Bretzke: »Brüder, lasst uns um Gottes Geleit beten. Man kann ja nie wissen, was alles passieren kann!« So hatten wir im Auto eine Gebetsgemeinschaft. Jeder der vier Insassen betete dankbar für den neuen Tag, für die Gemeinschaft und für die Möglichkeit der kommenden Verhandlungen. Jeder bat Gott um Bewahrung, um Leitung, um Hilfe.

Aber dann sagte nach dem letzten »Amen« Freund Bretzke: »Jetzt müssen wir uns ranhalten, damit wir das Flugzeug erreichen!« Er griff in die Tasche. Er suchte. Er griff in die andere Hosentasche. Auch dort offenbar vergeblich. Sein Gesicht wurde im Nu kalkweiß. »Was ist los?«, fragte ich. »Furchtbar! Was sollen wir bloß tun?«, schoss es aus Freund Bretzke heraus. »Ich habe meine Autoschlüssel im Anzugsjackett; aber das habe ich auch in den Kofferraum gelegt!« In den absolut diebstahlsicheren, einbruchfesten Kofferraum. Einbruchsicher, das war er allerdings. Nichts half. Der Nachtportier des Hotels kam mit einem Riesenwerkzeugkasten. Aber auch so war kein Herankommen an das Schloss möglich. Er kam mit einer Zigarrenkiste voller Autoschlüssel, die Hotelgäste vergessen hatten. Aber keiner dieser Schlüssel passte.

Bretzke selbst sagte das lösende Wort: »Wir müssen von innen den Wagen ausbeinen, mindestens den Rücksitz!« Wir bauten die Rückbank aus, lösten mit heftigem Ziehen und Reißen die schöne Polsterung von den Fahrzeugwänden. Schließlich lag die Stahlwand blank vor uns, die den Kofferraum abschloss. Sie war fest verschraubt und vernietet; fast bombensicher. Aber schließlich gab die Metallwand an einer Ecke nach. Mit einem Stemmeisen öffneten wir Millimeter um Millimeter die kleine Lücke. Aber ein Abnehmen der ganzen Wand war technisch unmöglich.

Da schob Freund Bretzke seine Hand durch die minimale Öffnung. Er achtete nicht darauf, dass er sich seine Hand blutig schrammte. Bis zum Knöchel der Hand kam er. Man konnte es ahnen, dass seine Finger tastend suchten. Seinem Gesicht sah man an, dass er offenbar einen Zipfel eines Kleidungsstückes zwischen den Fingern hatte. War es auch das Anzugsstück, das wir so nötig brauchten? Zentimeter um Zentimeter zerrte Bruder Bretzke das Jackett durch die Öffnung. Das gute Stück wurde dabei gedreht und gezogen wie ein alter Putzlumpen (»Aufnehmer« sagen unsere brasilianischen Freunde dazu). Hurra, es war wirklich »sein« Jackett!

Zwar sperrte sich gerade die Tasche mit dem Schlüsselanhänger ganz besonders gegen die harte Behandlung, aber schließlich musste auch sie nachgeben. Und wir hatten den Schlüssel zum Starten. Mehr noch: Wir hatten die erste Antwort Gottes auf unser Gebet um Hilfe. »Man kann ja nie wissen, was alles passieren kann!«

An jenen Morgen muss ich immer denken, wenn in der Bibel von Jesus gesagt wird: Wenn er aufschließt, dann kann niemand zuschließen! Für ihn gibt es keinen aussichtslosen Fall. Vor allem dort, wo er Menschen aus Verschlossenheiten herausholen will.

Auf meinen würdig-schwarzen Talar-Koffer bin ich
richtig stolz. Meine Eltern haben ihn mir zur Ordination
geschenkt. Er hat gerade Platz für Bibel und Ge-
sangbuch, für ein paar Aufzeichnungen und eben für
die schwarze Pracht des bauschigen Talars. Dann ist da
auch noch ein Extrafach für die gestärkten weißen Um-
schläge, auch »Beffchen« genannt. Sie dürfen ja keinen Knick bekommen!

Aber aller Stolz wurde ein wenig gedämpft, als
Erich zu mir vorwurfsvoll sagte: »Du kannsch jo net
amol richtig en Talar z'sammalega!« Erich war ein
Aushängeschild der Behinderteneinrichtung Stetten im
Remstal. Er hielt sich für den wichtigsten Mann dort.
Er war auch wichtig. Als Bote, als Aushilfsmesner, als
Bruder in Christus.

Als er in der Sakristei von Stetten sah, wie ich meinen Talar in den Koffer legte, da kannte er sich kaum
mehr vor Empörung. Dann packte er selbst das lange
weite Amtskleid und bettete es besser, als es der beste
Butler könnte, sorgfältig in den Koffer.

Aber dann merkte er meine Betroffenheit. Er wollte
mich trösten. So sagte er: »Woisch (weisst du), au' d'r
Erich kann den Talar net richtig z'sammalega!« Ich
hatte etwas Ladehemmung in meinem Verstehen.

Meinte er sich selbst? Er war es doch, der Erich hieß. Aber er hatte doch gerade gezeigt, wie das Zusammenlegen des Talars unübertrefflich gemacht wird. So fragte ich schüchtern; denn Erich konnte etwas sauer werden, wenn man ihn nicht gleich verstand: »Welchen Erich meinst du denn?« – »Ha, dr Erich Eichele, dr Bischof! Der stopft sein Talar no' schlemmer als du en sei' Tasch!«

Das können sich Bischöfe auch leisten; denn sie tragen als Amtstracht einen Talar aus Seide. Der bekommt keine Druckfalten, wenn er unsachgemäß zusammengelegt wird. Aber das wollte ich Erich nicht auch noch erklären. Ich hatte auch keine Zeit dazu; denn schon hatte Erich noch etwas in meinem Koffer entdeckt, das nicht den im Amtsblatt gedruckten Bestimmungen für die rechte Dienstkleidung von Pfarrern entsprach. Im Seitenfach des Talarkoffers steckte ein aus weißem Krepppapier gefertigter, auf der Rückseite mit dünner Pappe verstärkter Beffchenumschlag. »Was isch aber au' dees?« So fragte er mich vorwurfsvoll.

Da erzählte ich ihm die Geschichte: Am italienischen Gardasee führen junge evangelische Christen seit Jahrzehnten Urlaubergottesdienste durch. Sie laden die Woche über von Campingplatz zu Campingplatz Urlauber ein, zu den Gottesdiensten am Wochenende oder zu den abendlichen Liedandachten am Strand zu kommen. Die Gottesdienste finden in katholischen Kirchen in der Nähe statt. Die freundlichen

»Don Camillos« der Region freuen sich schon jedes Jahr auf die Zeit, da die »tedesci« wieder ihre Gottesdienste halten. Aber auf eines legen sie Wert: Die Pfarrer sollen nicht in Urlaubskleidung, sondern in Amtstracht auftreten. So war also auch der Talarkoffer im Gepäck an den Gardasee. Leider ohne Beffchen. Die waren nämlich nach gründlicher Wäsche und sorgfältigem Gestärktwerden zu Hause im Wäscheschrank geblieben. Aber die Erzieherinnen, die Tag um Tag Hunderte von Urlauberkindern betreuten, wussten Rat. Sie bastelten einfach aus dem Material, mit dem sie so gut umgehen konnten, ein wunderbar weißes Beffchen. Es ertrug sogar die Schweißbächlein, die während des Predigens in der heißen Augustatmosphäre am Seeufer von Gesicht und Hals strömten. Dies Beffchen blieb von da an mein Ersatzteil »für alle Fälle«.

Aber Erich hatte auch wieder Recht, als er nach meiner Geschichte sagte: »Eigentlich kommt's doch auf das weiße Ding gar net an!« Bei aller scheinbarer Schlichtheit seines Wesens war Erich ein Gottesdienstbesucher und Predigthörer, der wusste, worauf es »eigentlich« ankommt. Bei einem der großen und schönen Jahresfeste in Stetten winkte er mich zu sich, der damals schon gelähmt im Rollstuhl saß. Ich war schon auf dem Weg zum Podium, das unter den weit ausladenden Bäumen im Schlosspark aufgeschlagen war. Aber Erich war es wichtig, mich zu mahnen: »Sag au, dass m'r sich auf Gott verlassen kann!« Ja, darauf kommt's eigentlich an!

WAS WIRD UNBEDINGT GEBRAUCHT?

Fritz Liebrich hatte immer alles in seinem Gepäck. Dabei hatte er immer nur ein schmales Köfferchen bei den Fahrten zu mancherlei Sitzungen in Kassel bei sich. Er war nie im Hotel in Verlegenheit: »Ach, jetzt habe ich doch meinen Schlafanzug vergessen!« Oder: »Liebe Zeit, jetzt habe ich doch die Zahnbürste zu Hause gelassen!«

Sein Geheimnis war, dass er ständig sein Reiseköfferchen schon fertig gepackt hatte – mit zweitem Rasierzeug, mit zweiter Zahnbürste, mit einem Pyjama. Aber auch mit einer kleinen Bibel, mit einem zweiten Losungsbüchlein und mit einem Stoß von christlichen Verteilschriften.

Gleich nach der Abfahrt vom Stuttgarter Bahnhof holte er das Losungsbüchlein heraus und fragte die Mitfahrenden im Abteil: »Es macht Ihnen doch sicher nichts aus, wenn ich jetzt laut für meinen Freund ein Gotteswort für diesen Tag lese?« Und dann las er mit einer Stimme, die den Lärm im Eisenbahnwagen übertönte – aber zugleich mit freundlich einladendem Unterton – die Bibelworte und den Gebetsvers aus dem Andachtsbuch.

Dann nahm er den Stoß von Verteilschriften, stand

auf und suchte den Schaffner, den Zugbegleiter, wie man heute vornehm sagt. Den grüßte er freundlich: »Ich wünsche Ihnen einen guten Tag – trotz Ihres anstrengenden Dienstes. Ich möchte Ihnen als Gruß ein kleines Büchlein geben. Sie haben doch sicher nichts dagegen, wenn ich den Mitreisenden in den Abteilen eine solche Schrift anbiete?«

Nie bekam Fritz eine Abfuhr. Selten wurde auch von den Mitfahrenden das Angebot abgewiesen. Nur einmal erlebte ich, wie in unserem Abteil eine gut aufgemachte Dame demonstrativ das Verteilblatt auf die Seite legte und in ihren Journalen weiter blätterte. Nach einer Viertelstunde wurde sie unruhig. Sie suchte offensichtlich etwas. Offenbar ein Feuerzeug. Denn die Zigarette hatte sie schon in den Mund gesteckt. Sie durchwühlte ihre Handtasche. Ergebnislos. Sie ging an ihre Reisetasche im Gepäcknetz. Was sie suchte, fand sie auch dort nicht.

Schon war Fritz – jeder Zoll ein Kavalier – aufgestanden und hatte aus einem Streichholzheft ein Streichholz angezündet. »Gestatten Sie, dass ich Ihnen Feuer anbiete!« Sie nickte. Sie bekam schlagartig einen roten Kopf. Sie machte einen tiefen Zug an ihrer Zigarette – und griff ganz rasch nach dem Verteilblatt, das sie zuvor interesselos auf die Seite gelegt hatte.

Fritz sagte nachher: »Man muss nicht nur das dabeihaben, was man selbst unbedingt braucht, sondern auch das, was andere brauchen könnten!«

Was wird unbedingt gebraucht? Diese Frage hat mir

mein bischöflicher Chef eingebläut, als ich bei ihm persönlicher Referent war. Er hatte mich einmal vorwurfsvoll angeknurrt: »Sie geben mir für die Sitzungen viel zu viel Material mit! Ich schleppe mich noch krumm an dem vielen unnötigen Zeug! Nehmen Sie sich Niemöller (den hessischen Kirchenpräsidenten) und Heinemann (den späteren Bundespräsidenten) zum Vorbild. Die kommen immer nur mit einem schmalen Mäppchen zu den Sitzungen. Aber sie haben immer genau die Zeitungsausschnitte, die Protokollauszüge dabei, auf die es ankommt. Sie müssen eben wie ein Schachspieler vorausdenken!«

Das ist mir in die Knochen gefahren. Ins Reisegepäck gehört nur das, was unbedingt gebraucht wird!

Erst recht gilt es für das, was wir unsere »Christlichkeit« nennen. Vieles an Krimskrams belastet uns nur auf unserer Reise in die Ewigkeit. Das Wichtigste muss dabei sein: Die Verbundenheit mit Jesus. Und auch das, was die Anderen an Liebe brauchen können.

»MIT WENIGEM ZUFRIEDEN«?

Meine Mutter ist in Frankfurt/Main aufgewachsen und zum Glauben gekommen. Entscheidende Hilfen dazu bekam sie von Evangelisten wie »Sango« Autenrieth und Elias Schrenk.

Sie hat mir die Geschichte erzählt von den Evangelistenkoffern. Der Evangelist Elias Schrenk hatte in der Frankfurter Paulskirche Evangelisationswochen gehalten. Er beschränkte seine glaubensweckenden Dienste niemals auf ein paar Tage. Er blieb an den Orten, »bis sich etwas bewegt« – wie er sagte. Dabei ging es ihm nicht um Stimmungen, sondern um Seelsorge. Oft hielt er an einem Ort drei Wochen lang Abend um Abend aus, bis endlich Menschen auch zur Seelsorge kamen, um ihr Leben vor Gott ins Reine zu bringen.

In Frankfurt warteten vor der Sakristei der berühmten Paulskirche Menschen auf seelsorgerische Gespräche mit Schrenk wie im gefüllten Wartezimmer eines Arztes. Schrenk hatte für alle ein Ohr, für alle Zeit.

Aber er brauchte auch Zeiten der Stille für sich selbst. Zum Gespräch mit Gott, zum Hören auf die Bibel. Auch zum Ausspannen. »Nervöse, abgespannte Menschen können keine Seelsorger sein«, das war seine Lebenserfahrung. Darum bat er die jeweils zuständigen Einladungskomitees, in einem Hotel wohnen zu können und nicht etwa im Gastzimmer einer kinderreichen Christenfamilie. So wohnte er in Frankfurt im »Basler Hof«, also in einem Hotel, das damals vornehm war und doch bewusst christlich geführt wurde.

Beim wirklich letzten Evangelisationsabend in Frankfurt war das Thema »Unterwegs zur Ewigkeit!« Schrenk hatte eindrücklich abgeschlossen mit der Liedzeile: »Wir reisen abgeschieden, mit wenigem zufrieden und brauchen's nur zur Not!«

Eine Stunde später wartete eine große Menschenmenge vor dem Hotel auf den Scheidenden. Die Hotelboys trugen Koffer um Koffer des Evangelisten zur Droschke. Der Evangelist hatte sich ja für einen wochenlangen Aufenthalt eindecken müssen – auch mit Kleidung für unterschiedliche Witterung.

Aber meine Mutter, damals noch ein junges Mädchen, hörte, wie der Hotelportier auf die Kofferansammlung blickte und dann – wie nur für sich selbst – wiederholte: »Wir reisen abgeschieden, mit wenigem zufrieden, und brauchen's nur zur Not!«

Menschen, die ernstlich Christen sein wollen, werden besonders scharf unter die Lupe genommen. Erst recht geht das Evangelisten so. Darum ist es so wichtig, was ein Hamburger »Papst« unter den modernen Werbespezialisten sagte: »Bei Billy Graham hat man nicht nur den Eindruck, dass er selbst hundertfünfzigprozentig von seiner Sache überzeugt ist, sondern bei ihm stimmen auch die Worte mit dem Leben überein!«

Es muss stimmen, dass wir Christen mit »kleinem Reisegepäck« auskommen. Wir sollten uns nie so festsetzen, dass wir nicht mehr bereit sein können, einem neuen Ruf Jesu zu folgen. (Elias Schrenk war dazu immer bereit, trotz »großen« Gepäcks.)

Als die Flüchtlingsgruppe der versprengten Böhmischen Brüder schließlich eine erste Notunterkunft in Herrnhut gefunden hatte, da kam sie mit dem Notdürftigsten an. Aber schon wenige Zeit später war Christian David, ihr Anführer, wieder unterwegs als Missionar Jesu, zuerst im Baltikum, in Holland, in der Schweiz, dann drüben in Grönland und in Nordamerika.

Es lässt sich historisch nachweisen, dass zu den beweglichsten, zu den fantasiereichsten Menschen im Reich Gottes solche gehörten, die mit kleinem Gepäck ausgewiesen waren aus Salzburg, aus Kärnten, aus der Steiermark, aus Frankreich. Sie waren fähig, vorwärts zu schauen. Sie mussten nicht wie die Frau Lots zurückschauen zu ihrem bisherigen Hab und Gut.

Jedes Kofferpacken kann zu einer »Etüde«, also zu einer Fingerübung für den Aufbruch zur letzten Reise werden. Es mag schmerzlich sein, dass man so viel nicht mitnehmen kann, was einem so wichtig zu sein scheint. Aber die Vorfreude auf das Ziel kann das Schmerzliche überstrahlen. Allein das Ankommen zählt, das Ankommen nämlich bei Jesus in seiner ewigen Welt.